Paris. — Typ. G. Chamerot — 10875

CATALOGUE

D'UNE PETITE COLLECTION

DE

LIVRES PRÉCIEUX

APPARTENANT A M. E. Q. B.

PARIS

ADOLPHE LABITTE

LIBRAIRE DE LA BIBLIOTHÈQUE NATIONALE

4, RUE DE LILLE, 4

—

1881

CATALOGUE

D'UNE PETITE COLLECTION

DE

LIVRES PRÉCIEUX

LA VENTE AURA LIEU

Le lundi 14 février 1881, à 2 heures précises

HOTEL DES COMMISSAIRES-PRISEURS

Rue Drouot, 5

SALLE Nº 3, AU PREMIER

Par le ministère de Mᵉ MAURICE DELESTRE, commiss.-priseur

RUE DROUOT, 27,

assisté de M. L. POTIER, ancien libraire,

et de M. Adolphe LABITTE, libraire, rue de Lille, 4.

———

Exposition publique, sous vitrines, le dimanche 13 février 1881, de 2 à 4 heures.

———

CONDITIONS DE LA VENTE

La vente se fait au comptant, les acquéreurs paieront 5 p. 100 en sus des enchères applicables aux frais.

Les livres devront être collationnés sur place dans les vingt-quatre heures de l'adjudication. Passé ce délai ou une fois sortis de la salle de vente, ils ne seront repris pour aucune cause.

M. Adolphe LABITTE remplira les commissions des personnes qui ne pourraient assister à la vente.

———

Paris. — Typ. G. Chamerot, 19, rue des Saints-Pères. — 10575.

CATALOGUE

D'UNE PETITE COLLECTION

DE

LIVRES PRÉCIEUX

APPARTENANT A M. E. Q. B.

PARIS

ADOLPHE LABITTE

LIBRAIRE DE LA BIBLIOTHÈQUE NATIONALE

4, RUE DE LILLE, 4

1881

La très-petite collection dont nous pu-
blions le catalogue ne comprend que
quelques volumes ; mais tous se re-
commandent par le goût délicat qui a présidé à
leur choix.

Ces éléments précieux représentent, en quel-
que sorte, les cadres d'une armée qui n'aurait
que des chefs et qui serait restée sans soldats.

Ajoutons que cette nomenclature, où brillent
à la fois les trésors de la haute curiosité et les
plus riches reliures de Trautz, est trop res-
treinte pour qu'il soit nécessaire d'indiquer les
articles qui nous paraissent les plus importants.

Tous mériteraient d'être cités. Nous croyons cependant devoir signaler plus particulièrement à l'attention des amateurs les nᵒˢ 14 (Villon, 1537, mosaïque de Trautz), et 30 (Daphnis et Chloé, du Régent, aux armes de Philippe d'Orléans), qui sont les joyaux de cet écrin.

CATALOGUE

D'UNE PETITE COLLECTION

DE

LIVRES PRÉCIEUX

THÉOLOGIE ET MORALE

'HISTOIRE DU VIEUX ET DU NOUVEAU TESTAMENT, représentée avec des explications édifiantes tirées des saints Pères, par le sieur de Royaumont (Nic. Fontaine). *Paris, Pierre Le Petit*, 1670. Grand in-4, fig., mar. brun, janséniste, doubl. de mar. rouge, large dentelle, tr. dor. (*Trautz-Bauzonnet.*)

Exemplaire de premier tirage. Superbe reliure de Trautz.

2. Le Mystère d'infidélité commencé par Judas Iscarioth, premier sacramentaire, renouvelé et augmenté d'impudicité par les hérétiques ses successeurs et principalement par ceux de ce temps, par Pompée de Ribemont, sieur d'Espiney, vicomte

d'Aisne. *A Châlons, chez Jullien Baussant,* 1614.
In-8, mar. bl., tr. dor. (*Cuʒin.*)

Satire violente dirigée contre les protestants. Très-bel exemplaire d'un volume extrêmement rare et qui est resté inconnu à Brunet.

Il provient de la vente Auvillain et a été relié depuis.

3. LE TRÉSOR DE LA CITÉ DES DAMES selon dame Christine de la cité de Pise, livre tres utile et prouffitable pour l'introduction des roynes, dames, princesses et aultres femmes de tous estatz, auquel elles pourront voir la grande et saine richesse de toute Prudence, Saigesse, Sapience, Honneur et Dignité dedans contenus. Avec privilège, 1536. *On les vend à Paris en la rue neufve Nostre Dame, à l'enseigne sainct Iehan Baptiste, près saincte Geneviefve des Ardens, par Denys Ianot.* (A la fin du volume :) *Fin du Trésor de la cité des dames, selon dame Christine, imprimé nouvellement à Paris le* XXII* iour d'apvril,* Mil.cccc.xxxvi. Pet. in-8, mar. bleu, riche milieu sur les plats, composé d'entrelacs et de guirlandes de feuillage, doubl. de mar. orange, dent. à compart. dorée en plein, tr. dor. (*Trautʒ-Bauʒonnet.*)

Édition en lettres rondes. Livre de la plus grande rareté et dans une reliure qui, par son élégance et sa richesse, peut être considérée comme une des plus belles de Trautz.

4. LES QUATRAINS DU SIEUR DE PIBRAC, contenans une excellente morale, traduits en vers latins Iambiques. Dédiez à Monseigneur le Dauphin. Par M. P. Le Gal, ancien advocat au parlement de Bretagne. *A Paris, chez Charles de Sercy,* 1668. In-12, mar. rouge, fil., tr. dor.

Exemplaire précieux, aux armes et aux chiffres du Grand

Dauphin, fils de Louis XIV. En tête se trouvent, comme frontispice, les armes avec des ornements et des attributs. Au verso
du titre, un portrait très-finement gravé par de Larmessin d'a-
près Beaubrun, et portant la date de 1667.

On lit au bas :

> Petit soleil, ie suis du grand l'image,
> De sa splendeur ie tire mon éclat ;
> Le regardant éclairer son état,
> Sous luy ie fais un bon apprentissage.

En tête de la dédicace, une jolie gravure de S. Le Clerc : deux
soleils entourés de dauphins avec la couronne royale.

5. DISCOURS DE L'AUTORITÉ DES ROYS, par messire
François de Cauvigny, seigneur de Collomby, con-
seiller du Roy en son conseil d'Etat et orateur de
Sa Majesté pour les discours concernants la réputation et la dignité du Gouvernement de l'Estat.
Au Roy. *A Paris, de l'imprim. de Robert Estienne*,
1623. Pet. in-4, mar. brun, plats à riches compart., dos orné, tr. do. (*Rel. ancienne.*)

Exemplaire offert à la reine Marie de Médicis, avec son
chiffre et des fleurs de lis semés à l'infini sur le dos et sur les
plats et entourés d'une large guirlande de feuillages exécutée à
petits fers. Très-riche reliure d'une conservation parfaite et que
l'on peut attribuer à Le Gascon.

Colomby, poète et littérateur français, élève de Malherbe et
l'un des premiers membres de l'académie française, est auteur
du poème *les Plaintes de la captive Caliston* (la marquise de
Verneuil) *à l'invincible Aristarque* (Henri IV), 1605.

6. LES DEVOIRS DES GRANDS, par monseigneur
le prince de Conty, avec son Testament. *A Paris,
chez Denis Thierry*. 1666. — Mémoires de monseigneur le prince de Conty touchant les obligations
d'un gouverneur de province. Mémoires de monseigneur le prince de Conty touchant la conduite de
sa maison. *A Paris*, 1667. 2 tomes en 1 vol. in-12,
réglés, mar. rouge, compart. de différentes cou-

leurs, tr. dor., doubl. de mar. vert, dent. (Signé : *Padeloup*.)

Éditions originales.

Charmant volume. Dos orné à mosaïque en mar. vert, citron et rouge. Sur les plats, une large dentelle sur mar. vert formant encadrement et composée de fins et gracieux compart. à petits fers. Au milieu et dans les coins, d'élégantes rosaces en mar. vert et citron.

Cette reliure est de tous points conforme à celle de la jolie bible qui figure dans le catalogue Brunet sous le n° 7 ; mais elle a cet avantage qu'elle est doublée et qu'elle porte la signature du maître.

7. Essai sur la liberté de produire ses sentiments. *Au pays libre, pour le bien public*, 1749, avec privilège de tous les véritables philosophes. In-12, mar. vert clair, fil., tr. dor. (*Derome*.)

Dissertation philosophique dédiée à la nation anglaise. Reliure d'une grande fraîcheur.

8. Lettres iroquoises (par J.-H. Maubert de Gouvest). *A Irocopolis, chez les Vénérables*. 1752. In-12, mar. rouge, fil., tr. dor. (*Derome*.)

Exemplaire de Pixerécourt.

9. Excellent et très-util opuscule à tous nécessaire, de plusieurs exquises receptes, divisé en deux parties. La première nous monstre la façon de faire divers fardemens et senteurs pour illustrer la face. La seconde pour faire confitures de diverses sortes, tant en miel, que sucere et vin cuict. Composé par maistre Michel Nostradamus, docteur en médicine (sic) de Salon de Craux en Provence. *A Lyon, par Benoist Rigaud*, 1572. (A la fin :) *Imprimé à Lyon par François Durelle*. In-16, mar. rouge jansén. (*Cuzin*.)

Petit livre rare.

BELLES-LETTRES

POÉSIE, THÉATRE, ROMANS ET FACÉTIES

dylles de Bion et Moschus, trad. en français par J.-B. Gail. *Paris, Didot jeune*, an III (1795). In-18, pap. vélin, portrait gravé par Gaucher, fig. de Le Barbier, mar. rouge, fil., tr. dor. (*Rel. ancienne.*)

Joli exemplaire avec les fig. avant la lettre et les eaux-fortes moins une.

11. CATULLI, TIBULLI, PROPERTII nova editio. Jos. Scaliger recensuit. Ejusdem in eosdem castigationum liber. *Lutetiæ, apud Mamertum Patissonium*, 1577. 2 parties en 1 vol. in-8, mar. vert, riches compart., tr. dor.

Superbe exemplaire en grand papier aux premières armes de J.-A. DE THOU.
Il porte l'ex-libris de Caumartin Saint-Ange et provient de la bibliothèque RADZIWILL.
La reliure à volutes, à rinceaux et à feuillages, est un modèle d'élégance et de goût. Elle a été reproduite avec une grande

exactitude par MM. Morgand et Fatout dans leur Bulletin du mois de mai 1876.

Ces merveilleuses dorures de la fin du xvie siècle sont devenues fort rares. La bibliothèque de de Thou en possédait plusieurs spécimens; les seuls qui soient parvenus jusqu'à nous, et qui méritent d'être cités, sont : le *Verrius Flaccus* de la bibliothèque Brunet, qui appartient aujourd'hui à M. Dutuit; le *Libri de re rusticâ* de la collection Double et qui fait partie de la bibliothèque du baron J. de Rothschild, le nôtre qui ne le cède en rien à ceux qui précèdent, et le fameux recueil de Tortorel et de Périssin, des bibliothèques Renouard et Pichon, qui a été acquis de seconde main au prix de 15,000 fr. par le baron de La Roche Lacarelle. (V. le catalogue de la librairie Fontaine, année 1872, n° 5,951.)

12. LES MÉTAMORPHOSES D'OVIDE en latin et en françois, de la traduction de l'abbé Banier. *Paris, Delalain*, 1767-1771. 4 vol. in-4, fig. d'Eisen, Boucher, Moreau, etc., grav. par Lemire et Basan, mar. rouge, dos orné, fil., tr. dor. (*Reliure ancienne.*)

Très-bel exemplaire du premier tirage. Excellente reliure.

13. Les Poésies du roy de Navarre (Thibault, comte de Champagne), avec des notes et un glossaire françois, précédées de l'histoire des révolutions de la langue françoise depuis Charlemagne jusqu'à saint Louis (par Lévesque de la Ravallière). *A Paris, chez Louis Guérin*, 1742. 2 vol. pet. in-8, fig., mar. bl., fil., dos et coins ornés, tr. dor. (*Bauzonnet.*)

Bel exemplaire relié sur brochure, provenant de la vente Solar.

14. LES ŒUVRES DE FRANÇOIS VILLON de Paris, reveues et remises en leur entier par Clément Marot... M.D.XXXVII. *On les vend à Lyon, chez François Juste*. Pet. in-8, lettres rondes, mar. citron, compartiments à la Grolier, à mosaïque de mar. bleu, doubl. de mar. bleu, guirlande de fleurs

dorée à petits fers à l'intérieur, tr. dor. (*Trautz-Bauzonnet.*)

Édition fort rare, mentionnée pour la première fois dans la dernière édition du *Manuel*. Exemplaire acheté à la vente Brunet et revêtu depuis d'une de ces reliures à compartiments de couleurs variées, a la fois sobres et élégantes, qui ont mis le sceau à la réputation du grand artiste dont nous déplorons la perte.

Ce précieux volume fait partie des reliures à mosaïque de Trautz dont la liste a été imprimée dans le catalogue de la bibliothèque de M. le comte de Béhague, vendue l'année dernière.

C'est la 3ᵉ, sur les 22 qui composent l'œuvre du maître, que les amateurs auront vue passer sur la table des enchères.

La première, le « Roger de Collerye », après avoir atteint à la vente du baron Pichon le prix de 6,880 fr. a figuré, en 1872, pour 10,000 fr. dans le catalogue de la librairie Fontaine et a été acquise par le baron J. de Rothschild.

La seconde, « l'Eschole de Salerne », a été payée 16,100 fr. sans les frais, à la vente Béhague, et appartient au comte de M***.

15. HEURES DE NOSTRE DAME, en françois et en latin. *Imprimees à Paris nouuellement.* (Au recto du dernier feuillet :) *Cy finient les heures en françois imprimees à Paris pour Anthoine Verard, libraire, demourant sur le pont nostre dame a lymage saint Jehan leuangeliste...* s. d. (de 1488 à 1499). Pet. in-8 goth. de 112 ff. non chif., fig. sur bois, mar. rouge, fil. à compart. doublé de mar. bl., doré en plein, tr. dor. (*Trautz-Bauzonnet.*)

Ces heures, dont l'auteur est encore inconnu, et qui ont échappé aux recherches de Brunet, ont dû être imprimées avant 1499, époque à laquelle Vérard fut obligé de quitter le pont Notre-Dame, qui venait d'être détruit, pour aller habiter le carrefour Saint-Séverin. Elles sont en vers comme celles que Gringore a postérieurement publiées.

Les figures sur bois qui s'y trouvent intercalées sont les mêmes que celles qui ont servi à décorer les diverses petites heures de Vérard.

Cet exemplaire, peut-être unique, est admirablement conservé. Il provient des bibliothèques Yemeniz et Didot. Sa reliure à petits fers est d'une grande richesse et d'une exécution parfaite.

16. Le Philosophe parfaict. Avec privilège. Le Temple de vertu. Avec privilège (par François Habert). *Imprimé à Paris pour Ponce Roffet, dit le Faulcheur, libraire demourant au Palais sur les seconds degrez, du costé de la grande salle,* 1542. En 1 vol. pet. in-8, mar. rouge, riche dorure à fleurs sur les plats et sur le dos, tr. dor. (*Trautz-Bauzonnet.*)

Pièces très-rares imprimées en lettres rondes.
Jolies figures sur bois. Charmante reliure.

17. Le VIRGILE TRAVESTY en vers burlesques, de M. Scarron. Dédié à la Reyne. *A Paris, chez Toussaint Quinet,* 1648-1653. Avec privilège du Roy. 7 part. en 1 vol. pet. in-4, frontisp. et fig. de Chauveau, mar. rouge, fil., dos et coins ornés, doublé de mar. citron, dent., tr. dor. (*Trautz-Bauzonnet.*)

Édition originale des 7 livres publiés séparément avec une épître dédicatoire différente à la tête de chacun d'eux. Superbe exemplaire avec un envoi autographe de Scarron au fameux médecin Guénaud, dont parle Boileau dans sa 6e satire :
« *Guénaud sur son cheval, en passant, m'éclabousse.* »
Le 8e livre, qui est aussi de Scarron, n'a paru qu'après sa mort, en 2 vol. in-12.
Ces différentes parties ayant été réimprimées, il est extrêmement difficile de les réunir sous la même date. La 7e, qui a été publiée beaucoup plus tard que les autres, est surtout très-rare.
L'exemplaire d'Armand Bertin, le seul qui ait passé en vente publique, avait été composé presque en totalité de pièces appartenant à la réimpression.
Celui-ci est bien complet, toutes les pièces sont de première date et sa reliure est remarquable.

18. L'Eschole de Salerne en vers burlesques (par L. Martin) et duo poemata de bello Huguenotico (auctore R. Belleau) et de gestis Baldi (auctore T. Folengo). *Suivant la copie de Paris (Leyde, les Elzeviers, à la Sphère),* 1651. Pet. in-12, mar.

rouge, riches compart. à petits fers, tr. dor. (*Bauzonnet-Trautz*.)

> Une des plus rares éditions publiées par les Elzeviers. Charmant exemplaire provenant de la bibliothèque de Mgr le duc d'Aumale. Hauteur : 130 mill.
>
> Jolie dorure à la Le Gascon.

19. Contes et Nouvelles en vers de M. de La Fontaine. *A Paris, chez Louis Billaine*, 1669. In-12, mar. rouge, fil., tr. dor., doubl. de mar. citron. (*Cuzin*.)

> Bel exemplaire.
>
> C'est dans cette édition que parut pour la première fois la dissertation sur *Joconde*.
>
> Elle offre, en outre, cette singularité qu'à la page 119, où finit *la Servante justifiée*, ce conte est terminé par deux vers fort mal rimés, qui ne sont pas de la Fontaine et qui en expriment la moralité d'une façon fort indécente.

20. CONTES ET NOUVELLES EN VERS, PAR M. DE LA FONTAINE. *Amsterdam (Paris, Barbou)*, 1762. 2 vol. in-8, mar. vert, dent., tr. dor. (*Derome*.)

> Édition des fermiers généraux.
>
> Un des rares exemplaires reliés par Derome avec sa belle dentelle à l'*oiseau* sur les plats. Il est dans une condition exceptionnelle, tant pour sa conservation que pour la beauté des épreuves.
>
> Le *Cas de conscience* et le *Diable de Papefiguière* sont découverts, et, dans la figure de l'*Imitation d'Anacréon*, le personnage est avant la flèche qui lui est lancée, particularité fort rare, qui indique un premier état de la gravure, et que nous avons relevée tout récemment dans un des catalogues de la librairie Lefilleul.

21. L'ORIGINE DES PUCES. *Londres (Paris)*, 1749. Pet. in-12, texte gravé, 36 pages, vignettes, mar. rouge, dos orné, fil., tr. dor.

> Charmant exemplaire aux armes de Mme DE POMPADOUR, provenant de la bibliothèque du prince de Radziwill, et, en dernier lieu, de la vente Lebeuf de Montgermont.
>
> Cet opuscule est porté au catalogue de Mme de Pompadour, sous le n° 739, avec cette désignation : « Conte en vers libres. »

22. **LES BAISERS**, précédés du Mois de mai, poëme (par Dorat). *La Haye, et se trouve à Paris, chez Lambert et Delalain*, 1770. In-8, pap. de Holl., titre, fig., vign. et culs-de-lampes gravés d'après Eisen, par de Longueil, Masquelier, de Launay, Ponce, etc., mar. rouge, riches dentelles sur les plats, tr. dor. (*Reliure ancienne.*)

Très-bel exemplaire. Les épreuves sont d'une finesse remarquable et la reliure est d'une fraîcheur irréprochable.

23. **FABLES NOUVELLES** (par Dorat). *La Haye, et Paris, Delalain*, 1773. 2 tomes en 1 vol. in-8, pap. de Holl., frontisp., vign. et culs-de-lampe par Marillier, mar. bleu, dent. sur les plats, doubl. de mar. orange. (*Trautz-Bauzonnet.*)

Superbe exemplaire avec témoins. La reliure, dont le modèle a été emprunté au cadre qui entoure la vignette de la fable 19 (tome 1er, page 57), peut être considérée comme une des plus belles de Trautz.

24. La Pucelle d'Orléans, poëme en 20 chants (par Voltaire). Édition avec des notes et des pièces qui y ont rapport. *Londres (Paris, Cazin)*, 1780. 2 vol. in-18, fig. de Duplessis-Bertaut, mar. rouge, fil., tr. dor. (*Reliure ancienne.*)

Joli exemplaire provenant de la bibliothèque Viollet-le-Duc et dans une reliure à filets que l'on peut attribuer à Derome.

25. ŒUVRES DE MOLIÈRE (précédées de mémoires sur la vie et les ouvrages de Molière, par J.-L.-J. de la Serre). *Paris, Bauche*, 1739. 8 vol. in-12, mar. bl., tr. dor. (*Thibaron.*)

Bel exemplaire, très-grand de marges, auquel ont été ajoutées les jolies figures gravées par Punt d'après Boucher et *tirées sur grand papier.*

Cette édition reproduit celle de 1734 en 6 vol. in-4. On y a ajouté une addition à l'avertissement contenant : 1° Un extrait

des Nouvelles nouvelles. *Paris, Quinet*, 1663, par de Visé;
2° Lettre sur les affaires du théâtre (par le même), extraite des
Diversités galantes. *Paris, Ch. Barbier*, 1664; 3° Catalogue des
critiques qui ont été faites contre les comédies de Molière.

Le dernier exemplaire que l'on ait vu passer en vente
publique, avec les fig. de Punt tirées in-8, est celui de la
bibliothèque Turner. Il était relié par Derome et a été adjugé
au prix de 5,000 fr., sans les frais.

26. Œuvres de Regnard. Nouvelle édition, revue,
exactement corrigée et conforme à la représenta-
tion. *Paris, Maradan*, 1790. 4 vol. in-8, fig. de
Borel, mar. rouge, fil., à compart., dos orné, tr.
dor. (*Reliure ancienne.*)

Exemplaire en grand pap. vélin. Belles épreuves.

27. Le Baron de la Crasse, comédie représentée sur
le théâtre de l'hôtel de Bourgogne (par Poisson).
Suivant la copie imprimée à Paris, 1662. Pet. in-12,
mar. cit., fil., tr. dor. (*Trautz-Bauzonnet.*)

Très-joli exemplaire. Édition très-rare, imprimée à Amsterdam par Abraham Wolfgang, et inconnue à Brunet et à Pieters.
Haut. 125 mill.

28. LA FOLLE JOURNÉE, OU LE MARIAGE DE FIGARO,
comédie en 5 actes et en prose, par M. de Beaumar-
chais. *De l'imprimerie de la Société typographi-
que (de Kehl), et Paris, Ruault, libraire*, 1785. Gr.
in-8, mar. bl., doubl. de mar. orange, dent., tr.
dor. (*Cuzin.*)

Exemplaire en grand pap. vél. relié *sur brochure*. Fig. de
Saint-Quentin, gravées par Liénard, Halbou et Lingée à toutes
marges et très-belles d'épreuves. On a ajouté la suite des
mêmes figures qui a été gravée postérieurement par Malapeau
et Roy.

29. Le Tempérament, tragi-parade, trad. de l'égyp-

tien en vers françois et réduite en un acte. A Char-
lotte de Montmartre, en octobre |1755. *Au Grand
Caire*, 1756. — Léandre Nanette, ou le Double
Quiproquo, parade en un acte, en vers et en vau-
devilles, achevé en 1755. A Charlotte de Montmar-
tre (par Grandval fils). *A Clignancourt*, 1756. In-8,
mar. rouge, dent. et fleurs de lis sur les plats, dos
fleurdelisé, tr. dor., gardes de papier dor.

Pièces fort libres. Très-bel exemplaire aux armes du duc
d'Orléans, père de Philippe-Egalité.

Reliure de Vente dont le nom se trouve imprimé dans une
étiquette ornée qui a été reproduite dans le dernier bulletin de
MM. Morgand et Fatout.

3o. **LES AMOURS PASTORALES DE DAPHNIS
ET CHLOÉ**, traduites du grec de Longus, par
J. Amyot. S. l. (*Paris*), 1718. Pet. in-8, fig. du
Régent gravées par Audran, mar. rouge, incrusta-
tions de mar. bl. et citron, très-riches compart. avec
cartouches contenant des armoiries, tr. dor., doublé de tabis.

Précieux exemplaire relié par Nicolas PADELOUP, aux armes
du Régent, et d'une conservation parfaite.

La *Gazette des Beaux-Arts* a donné, dans le n° d'octobre
1879, sur les reliures en mosaïque du xviiie siècle, une notice
fort remarquable, pleine d'érudition et de finesse, dont le tout
Paris bibliophile a reconnu l'auteur, et d'où nous extrayons le
passage suivant qui n'a pas besoin de commentaires :

« Quel objet serait plus capable de faire tressaillir les en-
« trailles d'un bibliophile? La plus charmante production du
« xviiie siècle, recouverte d'une reliure à ornements en mosaïque
« aux armes de Philippe d'Orléans, régent de France! Tous les
« éléments de la curiosité se trouvent réunis dans ce morceau
« doublement royal : ouvrage rare et recherché, reliure excep-
« tionnelle, provenance illustre ! »

Ajoutons que ce « *rara avis*, ce *bibelot inestimable* », comme
dit encore l'auteur de la notice, a eu les honneurs mérités d'une
double reproduction. La première est due à l'initiative de
MM. Morgand et Fatout qui ont fait tirer, pour la *Gazette des
Beaux-Arts*, un fac-similé merveilleux de ce magnifique volume,

au moyen de la chromo-typographie Danel ; la seconde, remarquable de puissance et de relief, figure dans le beau livre sur la reliure française de MM. Marius Michel et a été exécutée par les procédés d'héliogravure de Charreyre.

31. LES AMOURS DE PSYCHÉ ET CUPIDON, avec le poëme d'Adonis, par la Fontaine. Édition ornée de figures par Moreau le jeune et gravées sous sa direction. *A Paris, de l'imprimerie de Didot le jeune, l'an troisième.* Grand in-4, mar. rouge, fil., à compart., dos orné, tr. dor., doubl. de tabis. (*Signé : Bradel-Derome.*)

Superbe exemplaire avec les figures de Moreau avant la lettre et les eaux-fortes qui sont à toutes marges et sur la rareté desquelles nous n'avons pas besoin d'insister. Les figures de Gérard pour Adonis sont avant et avec la lettre.

On y a ajouté « la Mort d'Adonis » gravée par Boichot, épreuve avant la lettre, et le même sujet gravé par Monsiau, épreuve avec la lettre.

Ce beau livre, dont la condition est unique, provient de la vente de M. Emmanuel Martin.

32. Les Amours de Psyché et de Cupidon, avec le poëme d'Adonis, par la Fontaine. *Paris, Saugrain et Didot jeune,* 1797. 2 vol. gr. in-18, pap. vélin, fig., mar. bl., fil., doublé de mar. orange, dent., tr. dor. (*Cuzin.*)

Exemplaire avec la suite de Moreau en doubles épreuves, avec la lettre et avant la lettre.

Excellente reliure de Cuzin, qui s'est montré ici l'émule de Trautz.

33. LE TEMPLE DE GNIDE (par Montesquieu), avec fig. gravées par Nic. Lemire, d'après les dessins d'Eisen, le texte gravé par Drouet. *Paris, Lemire,* 1772. Gr. in-8, pap. de Holl., mar. rouge, large dent. sur les plats, dos orné, doubl. de mar. citron, dent. tr. dor. (*Trautz-Bauzonnet.*)

Magnifique exemplaire relié sur brochure et presque non rogné. Très-belles épreuves des fig. d'Eisen. Le frontispice est double, avec et avant la lettre. Dans ce dernier état, la guirlande de roses est écartée et laisse voir des détails que le graveur a eu soin de voiler plus tard, en terminant son œuvre.

La reliure de Trautz, avec sa large dentelle qui couvre presque entièrement les plats du volume, et sa riche doublure, est une œuvre de premier ordre et ne le cède en rien aux plus beaux modèles que nous a laissés le XVIIIe siècle.

34. HISTOIRE DU CHEVALIER DES GRIEUX et de Manon Lescaut (par l'abbé Prévost). *Amst. (Paris, Didot)*, 1753. 2 vol. in-12, pap. de Holl., vign. et fig. de Pasquier et Gravelot., mar. bleu, fil., dos orné, doubl. de mar. orange, tr. dor., dent. (*Trautz-Bauzonnet.*)

Très-bel exemplaire de l'édition la plus recherchée de ce roman. Excellente reliure.

35. HISTOIRE DE MANON LESCAUT et du chevalier des Grieux, par l'abbé Prévost. *Paris, imprimerie de Didot l'aîné*, 1797. 2 vol. gr. in-18, mar. bleu, fil., dos orné, tr. dor. (*Trautz-Bauzonnet.*)

Un des cent exemplaires sur grand papier vélin, relié sur brochure, et l'on peut dire non rogné, avec les figures de Lefèvre avant la lettre et les *eaux-fortes* à toutes marges.

Ce joli livre a pris dans ces derniers temps une valeur considérable; le dernier exemplaire, également relié par Trautz, qui ait été vendu, l'a été à l'amiable, au prix de 6,500 fr.

36. LES SAGETTES ET RUSES D'AMOUR, discours où est montré le vray moyen de faire les approches et entrer aux plus fortes places de son empire, par le sieur D. M. P. A. *A Paris, chez Anth. du Breuil*, 1599. Pet. in-12, mar. vert, fil., dos orné, doublé de mar. orange, coins et milieu, riche dorure à petits fers, tr. dor. (*Trautz-Bauzonnet.*)

Volume de toute rareté, resté inconnu à Brunet.
Très-bel exemplaire, charmante reliure.

37. LE CHEF-D'ŒUVRE D'UN INCONNU, poëme heureusement découvert et mis au jour, avec des remarques savantes et recherchées, par M. le docteur Chrisostôme Matanasius (Themiseul de Saint-Hyacinthe). On trouvera dans ce volume une lettre à monseigneur le duc D..., trois tables très-amples et une dissertation sur Homère et sur Chapelain. *A la Haye, aux dépens de la Compagnie.* 1714. 1 vol. pet. in-8, portr., mar. rouge, fil., tr. dor. (*Rel. ancienne.*)

Édition originale. Très-bel exemplaire aux armes de la comtesse de VERRUE sur les plats et sur le dos. Excellente reliure d'une conservation parfaite. Ce volume a été acheté 5oo fr., sans les frais, dans une vente récente.

38. LE DÉCAMÉRON DE JEAN BOCCACE (trad. par Ant. Le Maçon). *Londres (Paris),* 1757-1761. 5 vol. in-8, frontisp., portr. et fig. dessinées par Gravelot, Eisen, Cochin et Boucher, mar. rouge, dos orné, fil., tr. dor. (*Derome.*)

Très-bel exemplaire relié par Derome avec l'oiseau répété sur le dos des volumes et dans lequel on a ajouté la suite des vingt figures doubles et leur titre : *Estampes galantes des contes de Boccace.*

BIOGRAPHIE ET HISTOIRE

ES VIES DES HOMMES ILLUS-
TRES grecs et romains par Plutarque
de Chæronée, translatées de grec en
françois par J. Amyot. *Paris, Vascosan,*
1567. 6 vol. in-8. — Les Œuvres mo-
rales et mélées de Plutarque, translatées, etc. *Pa-*
ris, Vascosan, 1574, 7 vol. in-8. — Décade contenant la vie des empereurs Trajanus, Adria-
nus, etc., par Ant. Allègre. *Paris, Vascosan,* 1567.
In-8; en tout 14 vol., mar. vert, larges dentelles
aux oiseaux sur les plats, tr. dor., doubl. de tabis.
(*Derome.*)

Magnifique exemplaire provenant de la vente RADZIWILL.
A la suite du tome VI des Vies des hommes illustres se
trouvent les Vies d'Annibal et de Scipion, traduites par Ch.
l'Escluse.

La reliure est dans un état de conservation et de fraîcheur
incomparables.

40. LES CHRONIQUES DU FEU ROY CHARLES SEPTIESME
de ce nom, que Dieu absolve... redigees par escript
par feu maistre Alain Chartier... *Cy finissent les*

chroniques du roy Charles VII... imprimees à Paris pour Jehan Longis... et furent achevees le IIIe iour de decembre mil cinq cents XXVIII. Pet. in-fol., goth., mar. rouge, riches compartiments, orné, tr. dor. (*Trautz-Bauzonnet.*)

Édition originale, fort rare. Exemplaire irréprochable et couvert d'une de ces merveilleuses reliures à entrelacs dont le modèle a été emprunté à Grolier.

41. DÉPLORATION ET ORAISON FUNÈBRE sur le trépas de feu Henri de Valois, en son vivant roy de France, second de ce nom. Ensemble l'origine et faicts mémorables du dict seigneur, par Jean Vezou. *A Lyon, par Jean Saugrain,* 1559. In-8, mar. la Vallière, fleurs de lis sur le dos, tr. dor. (*Trautz-Bauzonnet.*)

Très-jolie plaquette. Pièce très-rare et que Brunet n'a pas citée dans son *Manuel.*

42. Les Mémoires de la roine Marguerite. *A Paris, par Charles Chappelain,* 1628. Avec privilège. Pet. in-8, mar. bleu, milieu de feuillages, dos orné, tr. dor. (*Trautz-Bauzonnet.*)

Édition originale. Très-bel exemplaire.

43. SATYRE MÉNIPPÉE de la vertu du Catholicon, etc. Édition augmentée de remarques (par Le Duchat). *Ratisbonne, chez les héritiers de Mathias Kerner,* 1726. 3 vol. in-8, fig., mar. orange, fil., dos orné, tr. dor. (*Trautz-Bauzonnet.*)

Superbe exemplaire relié sur brochure et à peine ébarbé. Belle reliure où, par les excellentes qualités de son corps d'ouvrage, la beauté tout à fait exceptionnelle de son maroquin, la solidité et l'élégance de ses cartons, Trautz s'est montré le digne continuateur des Du Seuil et des Boyet.

44. LA VIE DE MESSIRE GASPARD DE COLIGNY, sci-

gneur de Chastillon, admiral de France, à laquelle sont adjousté (*sic*) ses mémoires sur ce qui se passa au siège de Saint-Quentin. *A Leyde, chez Bonaventure et chez Abraham Elzevier*, 1643. 3 parties en 1 vol., pet. in-12, mar. rouge, fil., compart., dos orné, tr. dor. (*Trautz-Bauzonnet.*)

Très-bel exemplaire d'un des volumes les plus recherchés de la collection elzevirienne. Hauteur : 133 mill.
Charmante reliure de Trautz avec compartim. à la Grolier couvrant entièrement le dos et les plats du volume.

45. Mémoires historiques et secrets concernant les amours des rois de France (d'après Sauval, par le marquis d'Argens. — Réflexions historiques sur la mort de Henri le Grand. — Le Mal de Naples, son origine et ses progrès en France). *A Paris, vis à vis le cheval de bronze (Hollande)*, 1739. Pet. in-12, mar. bl., tr. dor.

Joli exemplaire, relié par DEROME.

46. Almanach historique de la Révolution françoise, par J.-P. Rabaut. *Paris*, 1792. Pet. in-12, mar. bl., fil., tr. dor. (*Cuzin.*)

Exemplaire sur papier vélin avec les figures de Moreau avant la lettre.

47. Le Nouveau et dernier Voyage de Jérusalem, faict par le commandement du Roy, par M. de Vergoncey, gentilhomme de sa chambre, enrichi de figures des Lieux Saints et isles remarquables, etc. *A Paris, chez Simon Febvrier*, 1633. Pet. in-4, veau fauve.

Livre provenant de la bibliothèque de M. de Saulcy, membre de l'Institut, et dont on ne connaît pas d'autre exemplaire.

————————

BIBLIOGRAPHIE ET MÉLANGES

Catalogue des livres manuscrits et impri-
més composant la bibliothèque de M. Armand Cigongne, précédé d'une notice
bibliographique, par M. Le Roux de
Lincy. *Paris, Potier*, 1861. In-8, broché.

49. Catalogue d'une jolie collection de livres, composée des plus belles éditions des auteurs latins,
français et italiens, imprimées par les Elzeviers,
de quelques Aldes, d'un choix de poètes français,
de classiques français, en grand papier, etc., etc.
Paris, Potier, 1853. Pet. in-12, imprimé en caractères elzeviriens, fleurons, lettres ornées, broché.

 Ce petit catalogue est devenu rare; les livres dont il contient
la description appartenaient au comte Napoléon Camerata, fils
de la princesse Bacciochi.

5o. Catalogue des livres, en partie rares et précieux,
composant la bibliothèque d'un amateur (*M. L. Tri-*

pier). *Paris, L. Potier, libraire*, 1854. Pet. in-12, broché.

Ce catalogue, imprimé également en caractères elzeviriens, est devenu aussi rare que le précédent.

51. Catalogue d'une collection de livres rares et précieux. Ouvrages sur la chasse, anciens poètes français, romans, contes, facéties, voyages dans la Terre Sainte et en Amérique, vieilles chroniques françaises, etc. *Paris, Potier*, 1859. Pet. in-12 (elzevirien), broché.

Exemplaire imprimé sur papier de Chine. La plupart des livres dont se compose ce catalogue ont fait partie de la première collection du baron de Laroche-Lacarelle.

52. Catalogue de la bibliothèque de feu M. Benzon. *Paris, librairie Bachelin-Deflorenne*, 1875. Grand in-8, broché.

Exemplaire sur grand papier de Hollande avec les prix et les noms des acquéreurs écrits à la main.

53. Catalogue de livres rares et précieux provenant du cabinet d'un amateur lyonnais, rédigé par M. Bachelin-Deflorenne. *Paris, librairie Bachelin-Deflorenne*. In-8, broché.

Exemplaire sur papier de Hollande et contenant la reproduction chromolithographique d'une remarquable reliure italienne, aux armes du cardinal de Gonzague, et provenant de la vente Libri.

54. Catalogue des livres rares de Mme Du Barry, avec les prix. *A Versailles*, 1771. — Reproduction du catalogue du manuscrit original, avec des notes et une préface, par P. L. Jacob, bibliophile. *Paris, Auguste Fontaine*, 1874. Pet. in-12, broché.

Tiré à cent exemplaires numérotés et épuisé.

55. Souvenir de l'Exposition de M. Dutuit; extrait de sa collection de gravures, de livres, de vases grecs, de porcelaines de Chine et du Japon, de laques, de jades et de quelques faïences de Perse. *Paris*, 1869. In-4, cart., non rogné.

> Ce catalogue, qui n'a pas été mis dans le commerce, est enrichi de nombreux fac-simile et a été exécuté sous la direction de M. Clément, marchand d'estampes de la Biblioth. nationale, qui a présidé au classement des gravures, de M. Potier, libraire, qui s'est chargé de la description des livres, de M. Carle Delange, qui a donné la notice des vases grecs, des terres cuites et des bronzes, et de M. Gasnault, qui a rédigé le catalogue de la collection orientale.

56. Bulletin de la librairie Morgand et Fatout. *Paris*, 1876-1880. 12 livraisons, en 1 vol. in-8 br., avec planches noires et chromo-typographiques, titres en fac-similé et marques de relieurs.

57. Le Livre du bibliophile, *Paris*, *Alphonse Lemerre*, *éditeur*, 1874. Pet. in-12, broché.

> Exemplaire sur papier de Chine.

58. Lot de six figures, dites refusées, de l'édition des Contes de la Fontaine, publiée par les fermiers généraux :

---

1. La Servante justifiée (très-rare);
2. La Coupe enchantée;
3. La Clochette;
4. A Femme avare Galant escroc;
5. On ne s'avise jamais de tout;
6. Le Savetier et le Financier;

Épreuves à toutes marges.

59. LE SOUPER. Fig. gravée par C.-F. Letellier, d'après Queverdo pour l'édition de Faublas. *Chez l'auteur, an IV.* 4 vol. in-8.

Pièce très-rare qu'on ajoute à la suite des 27 vignettes qui ont été gravées d'après Marillier, Monsiau, etc., pour cette édition.

Magnifique épreuve avant la lettre et à toutes marges.

6o. Première série de comédiens et comédiennes. La Comédie-Française. — Notices biographiques, par Francisque Sarcey. Portr. gravés à l'eau-forte, par Léon Gaucherel. *Paris, librairie des Bibliophiles,* 1877. 16 livraisons, brochées.

Exemplaire sur papier de Hollande avec les portraits avant la lettre.

ORDRE DE LA VACATION

———

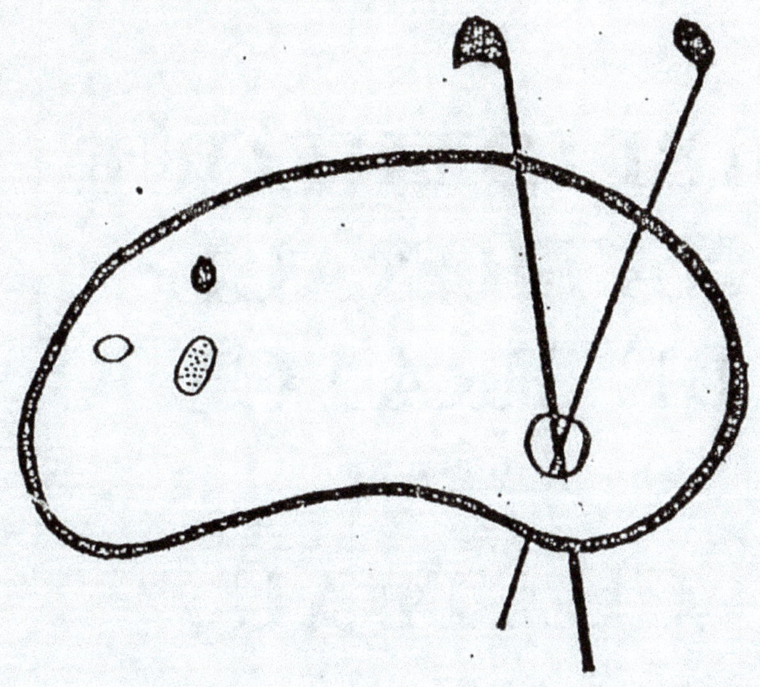

ORIGINAL EN COULEUR
NF Z 43-120-8

RED. :

16